歌集

水脈

若山浩

青磁社

水脈＊目次

I　欅の古木

II　阪神淡路大震災

若山浩歌集

水脈

I

欅の古木

星の庭

窓越しに見しわが妻の晴れ姿　外から闇を持ち帰るまじ

君と言ひあなたと呼ばれ暮らしゐるいつか問ふかも「どなたでしたか」

星の庭　一輪の薔薇まぶしかり王子ならずも旅に出るべし

雨のなか紳士と猫が歩きをり一人と一匹びしょ濡れのまま

解けぬ謎とけざるままに夜はふけぬ窓に張りつき動かぬ守宮

「いってきます」大声かけて妻は行くたかが大根買ひ足すだけに

摺り足の靴音聞きて五十年違《たが》ふことなくあれは妻なり

小児癌で亡くしし子らの名を背負ふ遍路の人は僧貌の医師

古きもの捨てよと言はれ生き来しに蛇の脱皮のごとくゆかずも

自然農

雪降れば雪を掻き分け葱を抜く真白のなかに土あと残る

自然農　野菜と草は共生す信じがたしと人は言ひゆく

南瓜蒔き着花の数を当て合ひぬ妻の予想はいつも多めに

蒲公英も畑《はたけ》にあれば雑草なりしばし眺めて根こそぎ掘りぬ

春温し一枚二枚と脱ぎ捨てて鍬振り上ぐる雲なき空に

老いるとは引き算のごと作付《さくづ》くる野菜の種類ひとつづつ減る

無農薬を夢見て植ゑし桃五本一果も実らず十年過ぎぬ

トーストを妻は食べゐる今日われはCT検査で輪切りにさるる

鉛筆に妻はこだはり夜毎よごと十本並べ尖らせてをり

筆圧の弱き妻の字三菱の2Bにしてなほも薄かり

牛の分娩

南風に牛舎のにほひ　是《こ》はまさに牛を飼ひゐし祖父のにほひぞ

祖父にすがり牛の分娩見守《まも》りたり懐中電灯の明かりのなかに

生れ来し子牛はやがて揺れつつも立ち上がりたり　細長き脚

祖父の目は生殖器に向けらるる雌は雄より高き値がつく

子を取られ親牛の啼く三日間　家族はたれも寡黙となりぬ

親牛の老いしころには祖父を離《か》れわれは京都の寺の下宿へ

一日花

軽快に流るる読経を聞きをれば舎利弗《しゃりほつ》、舎利弗といくども出で来

悟れざる舎利弗こそが御仏の捨て置けぬ弟子　とぼとぼ歩く

その下《もと》に散骨たのまん夏椿一日花が今日も咲きたり

大粒の雨が真先に走り来て欄干を打つパパピピプペポ

飛び立つも空にレールのあらざればせまき座席に足を踏ん張る

噴水は何ゆゑかくも生真面目か　空たかだかと噴き上げるべし

月影の椅子がひそひそ話しをり次に座るはいかなる客かと

児をあやし笑みゐる母は思ふまじひとは阿修羅となるときあるを

いたづらか本気なりしか野の草にママコノシリヌグイと名づけたる人

本どもが洪水のごとく迫れども今日は読むまい　朝に決めたり

老いはみな工夫をこらし生くるものステッキをつくも飾りに見せて

荒れ庭のかなたこなたに高砂百合二十五年も居座りてをり

片付けは整理にあらず散らばりし鞄も服も納戸に消えぬ

冷房と暖房のある散歩道　大型店は雨天も快適

共に老いるべし

門口《かどぐち》に欅の古木そびえ立つ子供のときも古木にありき

満月のあかりに欅は立ち尽くす何百年もの未知なる時間

大木の落葉つもればコンポスト五つ並べて堆肥に成しぬ

伐るべきか迷ひてをれば折からの風にほろほろ木の葉散りたり

老木の根方に添へばその温みほのかに沁みてわれは安らぐ

老木を伐る気になれず　さしづめは枝を払ひて共に老いるべし

枯れぬかと危ぶむわれを見透かして「心配でっか」と樵は笑ふ

電柱と変はりなきとて鳥たちは留まりてみるもすぐに飛び立つ

河野裕子さん

口惜しや花は炎暑に萎れけり入り日の香りあとに残して

歌集とは分厚き私信詠みし人病めば悲しむ身内のごとく

「塔」来ればまづは読みたる四人の歌一人が欠けてこころかしげり

面識なき故人を偲ぶ謂れなくも『母系』片手に京に向かへり

ビデオにて初めて声を聞きたれば歌読むたびにその声出で来

ひなびたる草津支線がよみがへる河野裕子を知りしのちには

2Bと大き消しゴム買ひ求む未熟のわれは型より入りぬ

花車《きやしや》、守宮《やもり》、十能《じふのう》、日照雨《そばへ》、天瓜粉《てんくわふん》、文字がはづみぬ歌写しをれば

こんなのも読みたかりけり『歩く』には来客のごとソネットひとつ

河野さんの本を三冊買ひにけり歌に出でくる三月書房

年の瀬にコスモスいまだ咲きてゐる「この世の息」の名残なるらん

無事是貴人

カツカツと鋭き靴音通りすぐ暁闇《あかつきやみ》に厠に立てば

五十年、居間の茶掛を眺め来し「無事是貴人」柴山全慶

たまさかに触れしその手の温もりに共に老い来し月日思ひぬ

真白なる壁にまぎるる白髪のぼやけし男それがわれなり

百年目の花

夕冷えが駅のホームにしのびよる足の先より老いは来るらし

庭隅の梅の古木に花ひらく百年経ちて百年目の花

枯れたるを母の嘆きし啓翁桜《けいをうざくら》甦りたり逝きてそののち

草萌ゆる若草山をひと息に駆け上がりたり若き命は

子の去りて二人だけなる卓上の本や薬を片寄せて食ふ

歩み来し野の草道をふり向けどいづこにもなきわれの踏み跡

牛車の向かふ

手作りの布製グラブに球受けしその痛みのみ忘れずきたり

野の草を踏み分けゆけば冬の蝶葉陰にひそむ羽をいためて

無造作に髪を束ねて君はゐき都大路の牛車の向かふ

わが命七十五歳《しちじふご》までと思ひ来し半年後にはその歳になる

前向きに明るく生きよと妻は言ふ四月の雨の冷たき夕暮

KYOTO

手を上げて「やあ」とし友に合図するこの距離感が抜群によき

りんご二個ポケットに入れ街に出る誰もがそれに気づかぬ五月

いつの日かサルタンバンクは去りゆかん八重洲の画廊の絵からすりぬけ

雨上り山の上《へ》に浮く白き雲　「そうだ、今日こそ散髪に行こう」

TOKYOになじめぬわれにKYOTOありズック靴にて寺を巡りぬ

たかだかと赤き鋼材あげらるる黄砂のなかに人影うごく

湧き水に口よせ飲みし夏の午後少年の夢走り出したり

西方は良き方角と祖母いひぬ京の学校受かりしときに

仲のよき床屋夫婦の腕の冴え妻と並んでカットされゐる

辛夷咲きたり

大病と知らず呼びたる救急車ベッドに乗りて意識をなくす

たまさかに命拾ひしこのわれに看護師なべて微笑みくれぬ

歩くのが快癒によしと諭されて廊下を百歩　辛夷咲きたり

まつすぐに見据ゑて話す女杜氏《をんなとうじ》の白雪姫を好みて買ひぬ

引出しにインクの涸れしモンブランときには机上に置きてやるなり

生きのよき現役二人訪ね来る現場の匂ひにわれも染まりぬ

耳鳴りかにいにい蟬か決めかねて耳をすませば鶯のなく

茗荷餅

田植後に祖母の作りし茗荷餅蒸籠《せいろ》の湯気に夏は来たりぬ

あげひばり一気に上り雲に消ゆ声だけ聞きて畦道あるく

つくばひに植ゑし睡蓮りんとして客を待つがに花咲かせをり

雲上の紅く色づく御岳山《みたけやま》　病弱の母登りたまひき

己が裏見たくも見えぬもどかしさ影を踏みつつ家に帰りぬ

地震《なゐ》つづき原発あばるる島国を大国などと言ひし時あり

周平の虜になりて車中では海坂藩の下級武士われ

Ⅱ　阪神淡路大震災

三十歳で逝く

地震《なゐ》の午後　毛布・食料積み込みて妻と忙しく名古屋を発てり

救はんと急ぎたれども死の知らせ途中に受けぬされど急げり

翌日の昼に現場に着きしときすでに無かりし娘の遺体
坂道を上り下りて夕暮にやうやく見つく商船大に
うす暗き体育館に寝かされし娘の顔がはつか腫れゐぬ

湿つぽき娘の額に触れてみつ地震の前には憚りしこと

娘《こ》の声は歌ふごとくに明るかり　ゆくりなく受く前夜の電話

一言《ひとこと》を言へず過ぎけり運命はそのひとことを望んでゐしかも

三十歳《さんじふ》で逝くといふこと　その問の解けざるままに影に入りゆく

定命《ぢやうみやう》と寂聴いふもわが裡に収まるまでに時の要るらん

真にして純なれかしと名づけし娘《こ》濁らぬままに地震が連れ去る

生涯に初めての号泣止みがたし喪服を取りに帰りしそのとき

地震の跡娘《こ》の好みたる大皿の破片をリュックに担ぎてゐたり

書きためし童話原稿三十二篇作家への夢はかなくなりぬ

待ちてゐし「毎日新聞新人賞」受賞したるを知らず逝きたり

汝《なれ》は子に語りたからんあはれにもその口塞がれ音なしの文字

物語をあまた秘めゐし娘《こ》にあれば語れぬ無念われの継ぐべし

書くことをすこしも厭はぬ娘《こ》にありき筆圧強きはわれに似たるか

八十《やそ》の詩《うた》「土偶」を書《しょ》にして残しし娘《こ》「追憶の丘」に戻りゆきしか

（西條八十は「追憶の丘」から土偶を掘り出した「土偶」という詩を書いている。娘はその詩の書き出し部分を書道展に出品した。自分の死を予感したかのようなこの書が実家に飾ってあり、それを観て詠んだ歌である。）

祈れども神や仏は遠くして絵と音楽に救ひを求む

かたまりしこころを解かんと繰り返しくりかへし聞くフォーレの「レクイエム」

グールドのもれ来るハミング聞くごとく風のすきまに娘《こ》の声探る

復興を喜びつつも妬みたり打ち消しがたき気持の落差

三年の結婚生活　娘《こ》の墓に触れたるわれら金婚式近し

消え去らぬ思ひは暗き藪のなか月影あびて穂先ゆれをり

蠟梅と水仙束ね十七年通ひし神戸いつも大寒

夏空へ黒きズボンに赤き服娘の形見を妻は干しゐる

娘《こ》の写真眺めてをればその口に子の名がかすか漏れるごとしも

アイリスをたつぷり位牌に供へたり約《つま》しきままに娘《こ》は逝きたれば

無言館

うす暗き館内に入る若者の足は進まず解説読みて

戦没の画学生らの残しし絵　絵具したたり四方にしみゆく

妹よ妻よといくど叫びけん　呼ばれし人の辿りし人生

夫をれば病院長などしてゐぬと語りし人の赤き和服絵

風景画の鮮やかな緑　ぬりたての絵の具のごとき生の渇欲

もくもくと妻の裸体を描きけん肌《はだへ》のすべて目に留めんと

小野画伯の子息もゐたり失せし才ここにもひとつ　茄子の屛風絵

「無言館」の語らんとする重きもの無言にめぐる生き来しわれは

七十五歳

さらさらと厚く積もれる銀杏の葉その円周を歩きてみたり

わが命七十五歳《しちじふご》までと言ひしとき父母に浮びし影に悔みぬ

七十五歳《しちじふご》は「まだ」と「もう」の分かれ道　比叡の山に雲かかりゐる

伊藤一彦『老いて歌おう』の平均寿命は九十歳と　まだ十五年

パソコンの黒き画面に映りたる父の面影われを見つむる

八十歳《はちじふ》の親を叱りしことありき我もちかごろ子に叱らるる

毛糸帽マスク手袋コート着て冬の散歩は不審者に似る

「お兄ちゃん」

「お兄ちゃん」とあまえて少女は部屋に来ぬ京の下宿に「妹」できたり

下宿生あまた住みゐる寺なればもて囃さるる少女にありき

まめやかな三十路の乙女はときもとき結納の日に命を断ちぬ

何ゆゑに厭ひしならん現身《うつせみ》を　己を語らぬ乙女にありき

下宿なれば人はつぎつぎ去りたるを去らざる乙女のこころを知らず

にほひ立つ蠟梅切ればば蟷螂《かまきり》の卵莢《らんけふ》のありそのまま供ふ

逝きしとき乙女はわが娘《こ》と同じ歳身を冷ましつつ鴨川のぼる

寒中に脛《はぎ》さらしたる女生徒は全天候の皮膚《はだ》をまとへり

西行の足

自然死を説ける書物を読みながらCT検査の順番を待つ

四十年書き来し母の日記帳八十歳《はちじふ》すぎて空白目立つ

鳶尾《いちはつ》が隣の庭より渡りきて主なき家に賑はひ添へる

出家して己が娘を縁側ゆ蹴り落とししとふ西行の足

誕生の記念に植ゑし紅梅と杏子咲きたり　二人だけの孫

思ひ出は池に沈みし木の葉にて思はぬときに動き始めぬ

茶店「イノダ」

懐かしき茶店「イノダ」に友と会ふ変はる京都の「変わらぬ京都」

ひさびさに友と語らひ夕暮れぬ寒さ沁みきて五月のくさめ

三人の記憶をつなぎ甦る過去の出来事　菖蒲咲きたり

ひとり欠け二人欠けては残りたる六十年の二人の友よ

友もまた老いてゐたれば別れには握手の間合わづかに長し

夕暮るる京の街並友の背が前に屈《こご》みて車内に消えゆく

ドラセナが鋭い棘を立ててゐる心のすきを狙ふがごとく

長年を胸につかふる花の名が北大植物園に記されてゐる

里の庭を思ひ浮かべて念のため手帳に記すフランス菊と

老老介護

だしぬけに「痛いいたい」と叫ぶ声妻の声なりほの明き朝

杖をつき鎧のごときギブスはめ廊下を歩く　妻の秋まだ

治らざる病といふにあらねども時間が要るなり老いの時間が

精神科医

京にゐる精神科医に会ひにゆく昔から二つ年上の友

兄のごとく話ききつつカルテ書くわれに読みえぬドイツ語の文字

何気なきことに二、三度笑ひては眠薬もらひ帰り来るなり

ベランダの柵より伸びし朝顔が行方惑ひて風に揺れゐる

車中より帰宅時間をメールする玄関灯がその返事なり

元気かと人は問ひ来るとりあへず変はりあらずと応へておきぬ

古里はいつしかわれの手を離《か》れて自ずと時を刻みゐるなり

悔むのは止さんと決めし秋の暮好きな無花果買ひて帰り来

里の湧水

高校に通ひしほかに縁のなき街《まち》に戻り来「よう」と伊吹が

南北に五千歩あゆむ東西の御岳《みたけ》と伊吹をともに引き連れ

堀端の焼け残りたるケーキ店かたむきつつもレアチーズ売る

もうやがて帰宅の時間　下駄ばきで散歩にかこつけ駅に向かひぬ

たまさかのふりして君に手をふれば重き鞄をわれに手渡す

ひとときを畑たがやしわらわらと震へる指にお握りを食ふ

うつくしき里の湧水かれ果てて工場のわき彼岸花さく

何ならんあの感覚は　握りたる手が冷えてゆく母の死の床

こんなにも長く握るはひさしかり骨と皮との節だつその手

神の贈りもの

葦枯れて亀も潜みし冬の池噴水のみが季節を知らず

三十首清書し終へて力尽き空き瓶のごと寝転がりたり

野の道に尿《ゆばり》をすれば揚げひばり歓喜の声を天に放てり

蠟梅の匂ひかぎつつ年の瀬をまたひとつ越す二人そろひて

友逝きて寂《さび》れきはだつ街並に伊吹颪が雪を塗りゆく

その老婆《ひと》は菜の花のごと微笑みぬ痴呆は神の贈りものとぞ

金婚式

この日まで生きたることに驚きて金婚式を春に迎へぬ

「ありがとう」と金婚式を寿げり夕餉の卓に桃の花そへ

父母よりも長く共にすされどなほ痒きところが背中にはあり

いましばし生くるもよしと今日もまた常のごとくに風呂に沈みぬ

伊吹

伊吹山は兄のごとしも時ごとに姿を変へて指南くれたり

兄貴とは語らふこともなかるらん異郷の地なるホームに行けば

わが妻と歩めば街のにほひたつ別れは人を鋭《と》くするらしも

西山に沈む夕日を眺めつつ父母《ちちはは》を亡くせし孫を思ひみるなり

里山の入日がいいと妻が言ふ五十年して初めてのこと

アルパ

＊ハープに似た小型の楽器でパラグァイなどの伝統楽器

ホスピスの女性《ひと》のアルパを聴きにけり別れを告げるせつなき調べ
（ホスピスはホームのすぐ前）

病身の肩に楽器を支へつついとほしむごと弦をつまびく

日常の時間を越えて響きくるアルパの調べ　深く沁み入る

絶筆とふもののあるごと絶演もありてしかるべし　ふるへる音色

路上にはアルパを囲み子どもたち聞くみ聞かずみ遊びゐるとぞ

ホスピスのアルパの女性《ひと》は逝きにけりやさしき音色いまも響きぬ

飛行船

青空のぼやける秋のこんな日は飛行船など流れ来ぬかな

両眼の白内障の手術受く　書棚の本がにはかに浮き立つ

手術して何を見るのか　目にあらずこころで見よとキツネは言ひぬ

秋雲は形いびつに砕け散り時の隙間にコスモスの咲く

餡パンを食ふ

たどたどとフランス語にてたづぬれば英語もどり来　ベルサイユの街

猛暑にはわが身を案じ秋分は台風襲ふ　娘《こ》の墓遠し

熊楠に及ばざれども歌会の昼にはつねに餡パンを食ふ

この歳に尖ることなどなきものを手触り悪きこの世の時間

あといくど巡り来《きた》るか星祭　老いの願ひの短冊ゆれる

じんじんと音のするのは耳鳴りか　溝の蛙がウィと応へぬ

Ⅲ　砂漠の声に耳すます

『星の王子さま』からの連想

そのおとなの人は、むかし、いちどは子どもだったのだから……

背広着て五十年を勤め終へ砂漠の声に耳すます今

おとなの人ってものは、よくわけを話してやらないと、わからないのです。

探せども探せどもなきぼくの石狭庭の隅に色あせてあり

老いの知恵とふものかつてありたるに社交ダンスに興ずる紳士

ウワバミにのまれてるゾウなんか、いやだよ。

大仕事ひとつ為《し》終《を》へて帰る道はてなる星と信号交す

おとなというものは、数字がすきです。

諍ひはわづかな火種で起こりしもどんどの如く炎をあげぬ

バオバブをかいた時は、ぐずぐずしてはいられないと、一生けんめいになっていたものですから。

ごたごたと決着つかぬ会議なり逃れて聴きぬマタイ受難曲

だって……かなしいときって、入り日がすきになるものだろ……

わかりしと肯くことは容易《たやす》きも闇の深さは測りがたしも

涙《なみだ》の国って、ほんとにふしぎなところですね。

結局は弁の立つもの勝ちにけり海驢の啼ける秋の夕暮

あの花のいうことなんか、とりあげずに、することで品定《しなさだ》めしなけりゃあ、いけなかったんだ。

鵜が競ひて叫ぶ冬の日に比叡より見る京の街並

他人を裁判するより、じぶんを裁判するほうが、はるかに困難《こんなん》じゃ。

向日葵がまだ晩秋に咲きてをり帽子目深に速歩で過ぎぬ

うぬぼれ男の目から見ると、ほかのひとはみな、じぶんに感心しているのです。

雨降れば湿気を呪ひ夏日には暑しとぼやく　シリアを思へ

「はずかしいのを忘《わす》れるんだよ」「はずかしいって、なにが？」「酒のむのが、はずかしいんだよ」

埋火《うもれび》に炭をつぎたし燃え立たす火の温もりは人を恋はしむ

街燈《がいとう》に火をつけるのは、星を一つ、よけいにキラキラさせるようなものだ。

五月晴畑《はた》たがやすも今のうち北の空には雲立ち上《のぼ》る

「花っていうものは、はかないものなんだからね」

地下街を四方八方歩きしに辻の地蔵はいづこにもなし

「人間たちのところにいたって、やっぱりさびしいさ」

波のなき湖面に人も鳥もなく月光ばかり降りそそぎをり

なんて、へんな星だろう、からからで、とんがりだらけで、塩気《しおっけ》だらけだ。
それに、人間に、味《あじ》がない。

カレーの日は誰もがカレーを選ぶゆゑ皿とスプーンが楽しげに鳴る

あんたが、おれを飼《か》いならすと、おれたちは、もう、おたがいに、はなれちゃいられなくなるよ。

噴き出でし伏流水は枯れはててペットボトルの水を飲むなり

ことばっていうやつが、勘《かん》ちがいのもとだからだよ。

もう一度、バラの花を見にいってごらんよ。あんたの花が、世《よ》のなかに一つしかないことがわかるんだから。

五十二年君を見つめて尽きせぬは何ゆゑならん不思議な縁《えにし》

「……心で見なくちゃ、ものごとはよく見えないってことさ。かんじんなことは、目に見えないんだよ」

眼を閉ぢて砂漠の花を思ひみる早世の友のアデニュームの花

「あんたが、あんたのバラの花をとてもたいせつに思ってるのはね、
そのバラの花のために、ひまつぶししたからだよ」

野山かけ川の遊びに興じたる幼なじみは餡パンの味

引つ越しをいくどせしかな　つひに立つ天空へ飛ぶスタート地点

「人間ってやつぁ、いるところが気にいることなんて、ありゃしないよ」

己がため己がためとて生ききしに語る友ありメールを交す

ぼくも、どこかの泉《いずみ》のほうへ、ゆっくりゆっくり歩いていけたら、うれしいんだがなあ!

蔵には蔵のにほひあり色あせし祖父の中学英語教本

砂漠《さばく》が美しいのは、どこかに井戸《いど》をかくしているからだよ……

新緑の御所の芝生に夜を明かす誰にも語らぬ秘密を解きて

この王子さまの寝顔《ねがお》を見ると、ぼくは涙《なみだ》が出るほどうれしんだが、それも、この王子さまが、一輪《いちりん》の花をいつまでも忘《わす》れずにいるからなんだ。

春の丘へそれぞれの道を登りたり出会ひしときの頂上の風

その水は、たべものとは、べつなものでした。星空の下を歩いたあとで、車がきしるのをききながら、ぼくの腕《うで》に力を入れて、汲《く》みあげた水だったのです。だから、なにかおくりものでも受けるように、しみじみとうれしい水だったのです。

歓談の長き時間を過ごし来てゆるき流れの水際に立つ

仲《なか》のよいあいてができると、ひとは、なにかしら泣《な》きたくなるのかもしれません。

「……もし、きみが、どこかの星にある花がすきだったら、夜、空を見あげるたのしさったらないよ。
どの星も、みんな、花でいっぱいだからねえ」

中宮寺の弥勒菩薩を目の前に見しを思ひぬ戦後の時期に

そうすると、ぼくは星のかわりに、笑《わら》い上戸《じょうご》のちっちゃい鈴《すず》をたくさん、
きみにあげたようなものだろうね……

山峡を水は下りて丹田に山の鼓動を深く伝へぬ

ほんとにおもしろいだろうなあ！　きみは、五億《おく》も鈴《すず》をもつだろうし、
ぼくは、五億も、泉《いずみ》をもつことになるからねえ……

五十年会はざる友と再会す砂漠を歩きて出会ひたるごと

ぼくは夜になると、空に光っている星たちに、耳をすますのがすきです。
まるで五億《おく》の鈴《すず》が、鳴《な》りわたっているようです……

見失ひし君をメールに呼び出せばマチスの部屋から赤き返事が

（内藤濯訳『星の王子さま』（岩波書店）より引用）

Ⅳ　老人ホーム

仮の宿

あちこちに住まひ来《きた》れど西日さす傾りにきめぬ最後の住処

これは、その、逃避にあらず　アカシアの陰を選びてホームに戻る

ホームとは峠手前の仮の宿　峠を越えれば未知の世界が

四階の窓を開くればはるかなる池の面《も》映えて夕日沈みぬ

あかあかと夕日の落つるあの辺り海は音立て泡立ちをらん

おほかたは連れ合ひのなき人なれば個室を独房と呼ぶひともゐて

ホームでの死は常のこと　それとなく貼り紙読みて通り過ぎたり

丘の上《へ》に木洩れ日ぬくき喫茶店ラテン音楽流されてをり

解放を求めるときは里の家に帰ることあり　つつじ満開

井戸底の月の光を覗きみる何か禁忌を犯すがごとし

降りしきる雨の冷たき冬の日はモカ・コーヒーの濃いめを選ぶ

天空の極みを見んと庭に立ち秋の星空見上げてゐたり

なにごともする気おこらぬ昼下がり猫はしなしな庭よぎりゆく

曙杉の並び立つ

すみわたり星数おほき秋の宵熟柿《じゅくし》ひとつがこそりと落ちぬ

人気《ひとけ》なき街をすぎれば裸木につぼみのごとく雀むれゐる

いたはりのメールが届くいつのまに逆になりしか　孫自立しぬ

「行きます」とメールを受けてわが妻は暦に大きく「孫」と書きたり

もうすつかり大人になつたね　妻とわれ孫を見送り山道帰る

丘の上に曙杉の並び立ついづれも同じ円錐形に
ぬくき陽に硬き躰もゆるみきて山の気ふかく吸ひつつ歩む

われの啓蟄

からうじて命をつなぐ老木の梅の新芽は年年《としどし》に減る

ホームにて暮らせば老いに染まりくる春咲く花は黄色がおほし

老いといふなまあたたかき誘ひより逃れんとして背筋を伸ばす

春雨にぬれたる土のにほひ嗅ぎ生気もどしぬ　われの啓蟄

かくなれば平均寿命を満たすべしと言ひ聞かせぬ　あと二年なり

愚直院木偶坊とし打ち終へて電源を切る保存はせずに

魔女のごと漢方薬を煎じゐる　なむからたんのとらやーや、なむ…

「むちゃいうな」通りすがりの人のこゑ政治ニュースを聞きつつをれば

夏の陽に布団をさらす君の脇　ラベンダーの花刈りどき迎ふ

家中が妙にしづまる昼下がりお茶にかこつけ厨に出むく

生れしこの地

家裏は十薬の園　白き花点描のごと夕日に映える

草の名を知ればすなはち目は覚めて草はにはかに揺れて見えたり

夏椿つぎつぎと咲く一日《ひとひ》とて咲き切ることが花の生かな

眠気こず仰臥のままの真夜中に生《あ》れしこの地の音を聞きゐる

終電車はちやうど日時の替はりどきしとしと雨が降り始めたり

縁に出て庭ゆく妻に訊ねたり山の機嫌は直りたるかと

梅雨空の七夕祭　杜鵑けふも鳴かぬか待つひとゐるに

『老いの歌』

お灸とは老人のものと思ひしに乙女の腕に煙くすぶる

花の名を五回訊ねて覚えしに下野草《しもつけさう》の花期は過ぎたり

六十九歳《ろくじふく》に逝きし小高の『老いの歌』七十七歳《しちじふしち》のわれが読みゐる

体力をその日に向けて集めしに台風となり歌会は中止

鼻なでる

思案にくれ指先しきりに鼻なでる歌の発想そこに湧くがに

会へざりし早世の祖父を思ひをり　ひたすらに鳴く夜の蟋蟀

鴉よ知るか

三崎から佐田岬へと土道をひたすら歩く　帰路の星空

秋空は寝てもよろしとささやきぬせつかくなれば逆らはず寝ぬ

こんなのは誰にも言へぬことなれば月にこつそり話しておきぬ

メル友が逝きて残るは二人だけいづれが先か鴉よ知るか

ややきつき批評し終へて着きし座に差しくる夕日のまぶしかりけり

鵯はいまを盛りと高啼くも落ち葉はひそかに積もるものらし

つくづくと己が頑固を思ふとき車はいつしゅん左右に揺るる

荒れてます

地震《なゐ》くると予測さるるも溜池の水なみなみと夕焼けてをり

「荒れてます」　庭の手入れを責めるがに医者は言ひたり胃の写真みて

さう言へばとかすかに言ひて黙したる友はそのまま逝きてしまへり

残り葉は雨に打たるも縋りつく地震より過ぎぬ二十年はや

庭師来てばつさばつさと伐り払ふ伸び放題の四年の枝を

山茶花も裸になれど二輪だけ残しおかれぬ　にくき計らひ

昼の陽を遮り吹雪く窓のそと　打ち解けぬまま父は逝きたり

原発の百キロ外とて安からず北より雲が流れ来るなり

車椅子おす息子

日没を母に見せんと丘の上に車椅子おす息子の力

親子とも毛帽子かぶる風のなかふうふう冷まし子は茶を飲ます

「こんばんは」と声をかければ手を合はせ母は応へぬ「ありがたいです」

車椅子の母と並んで入り日みる息子も老いて腰かばひをり

母と息子《こ》を入り日の枠に収めんとカメラ構へる人が背後に

貨物車が夜の鉄橋渡りゆく何か密命あるがごとくに

ファスナーが時に外るる鞄持ち七十八《しちじふはち》歳の免許更新

逢妻

近くとも遠きことあり一枚の襖の向うに妻は読書す

形だけ個室にあれど聞こえくる妻の電話に思考停止す

歌会の年長なるもかひなくてカウント・ダウンにはやも入りたり

階段を競ひて上り思ひたり急ぐことなど何もなきわれ

逢妻《あひづま》は妻の実家に近き駅妻に逢ひしはその地にあらず

廃校の跡地はゲート・ボール場むかし馴染みし桜咲きゐる

強風にヨットは港に繋がれて長き帆柱もて余しをり

差し迫る空き家問題いまだなほ未解決のままときには住まふ

おづおづと発言するが如くなり杜鵑の声藪より聞こゆ

葉書攻め

いつ見ても君は葉書を書きてゐる葉書攻めの人うれしつらしも

小村の眠るがごとき錆ポスト投函のたび音たてくれぬ

早起きの姉さん被りのおばあさんハイビスカスをみごとに咲かす

その昔ロイド眼鏡と呼びしもの女もかけぬ山の手線に

その楽観が

孫のため百まで生きんと君は言ふその楽観がわが家を保つ

湯上りの香りがそばに寄り来《きた》る五十一年めの真夏の窓辺

惚けたると妻が詰ればやり返す秋刀魚が二匹皿に冷えたり

スクリーンに脳の画像が透かされぬ　「こんなもんです」ぽつりと医師は

濃いめのコーヒー

暮れてゆく滋賀の山並光りつつ北に向かひて鉄塔つづく

思ひ出せぬ名前がやつと寝る前のゆばりとともに流れ出できぬ

果菜とふ用語を知りぬ題詠の西瓜を詠まんと辞書引きしとき

老店主がひとりで点《た》てて運び来る濃いめのコーヒーこれが美味なり

語らざる父の怒りを感じつつ硬き遺骨を箸につまみぬ

ひととほり声を試してこれでよし朝の授業の階段のぼる

紅甕七つ

八尺の紅甕七つ立ち並ぶ妻の梅干《うめぼし》百歳《ひゃく》までは足る

どの甕の梅干にせんか迷ひつつ今日も新漬け赤が際立つ

新漬けに先を越されて古漬けの怒りの塩が噴き出してをり

すこしでも食へばたちまち血液はアルカリ性にと妻は唱ふる

酸きものは苦手なわれも新漬けの色に誘はれ一つを口に

近寄れば人はますます遠くなる入り日に向きて歩くがごとく

竹山広が亡き娘《こ》を詠めばこころしてわれは読みたりつぶやき声に

やうやく終る

霜月の満月めづる人なくも心のままに中天にあり

桜葉はあかく色づき十年の妻の闘病やうやく終る

もろもろの音の行き交ふそのなかに空《くう》を刺しぬく百舌《もず》の高鳴き

妻とわれ福岡へ行く最後かも　孫と魚が元気ひき出す

二人の祖父

罠かけて雀とらへしその時にＢ２９が山より出で来

賜物のマイナンバーを貰ひたり忘るるものがまたひとつ増ゆ

兄と弟の二人の祖父がわれにあり早世の祖父ぬくもりの祖父

早世の祖父こそ祖母の恋の人スペイン風邪にあつけなく逝く

畑仕事ずるけて本読む祖父のこと　祖母の話は物語めく

ぬくもりの祖父はかなしも体臭のみわれに残して影のごと消ゆ

硬皮《かたかは》のごとき祖父の手死の前に人は掌《てのひら》みつむと言へり

わが裡に二人の祖父が交差してわれを戒めわれを慰む

一人欠け子はひとりにて係累の少なき家系　孫ひとりづつ

よき水脈を

花冷えに縮まりをれば濡れ縁に陽が差し来たる　歌を清書す

十三階に港の方《かた》を眺めては津波の経路を辿りみるなり

西日受けビール片手に友待てば椿の花が一つ落ちたり

モーツァルトに滲むかなしみ思ひつつ『歩く』を読みぬ　なんども読みぬ

影おほきこの世にありて日溜りの石竜子《とかげ》のごとくわれは生き来ぬ

「掘り当てよ、よき水脈を」師の言葉いまだ果せず秋の暮れ初《そ》む

老いくれればかすむ瞼を閉ぢしまま遥かかなたの音を聞くなり

解説

清らかな老いの歌

江戸 雪

若山さんの歌の初めは七十歳を超えてから。短歌を詠いはじめた時期がその人の人生のいつであるかは歌の良し悪しには関係ないが内容には影響するだろう。もちろんいつ詠いはじめたかはその歌人の運命であり、いつがいいかなんて分からない。ただ、あたりまえのことだが、七十歳を超えて短歌を始めた歌人には歌のことばを発するまでに七十年の生の蓄積がある。

古きもの捨てよと言はれ生き来しに蛇の脱皮のごとくゆかずも
真白なる壁にまぎるる白髪のぼやけし男それがわれなり

「古きもの」は物理的にも精神的にも置き換えることができ、「捨てよ」は外からの声とも内なる声ともおもえる。歳を重ねた者の深まりつづける苦悩がにじむ。「蛇の脱皮」とは直球の比喩だが、苦悩が深ければ深いほど表現は直球にならざるを得ないのかもしれない。さらに白壁に紛れてしまう白髪。ぬぐいきれない自意識が滲む。いつの間にこんなにも歳をとってしまったのか。茫然としつつも「それがわれなり」ときっちり受けとめている毅然とした精神にひかれる。

窓越しに見しわが妻の晴れ姿　外から闇を持ち帰るまじ
南瓜蒔き着花の数を当て合ひぬ妻の予想はいつも多めに
里山の入日がいいと妻が言ふ五十年して初めてのこと
縁に出て庭ゆく妻に訊ねたり山の機嫌は直りたるかと

妻の歌。数はそれほど多くはないが、妻の存在の大きさを感じる歌がいくつかある。一首目は歌集の冒頭の歌。家の傍まで戻ってくると窓のうちに妻が見えた。外での出来事によって心に湧いてくる闇を家には持ち帰らずにおきたいというひそかな誇り。それはときにぐらつくことがある。だが、美しく身支度を整えた妻の姿をみてその誇りを立て直そうとする。全てを晒しぶつけ合うときもあるのだろうが、ふだんのこの距離感は相手を大切に思うからこそのものだ。自らの誇りを支えてくれている妻の存在、それを認識している夫、ふたりの関係の強さと美を読者は感じとるだろう。

ほかにも、種を蒔いたあと楽観的に花の数を想像したり、ふだん口にすることのなかった里山に沈む夕日の美しさを呟いたりする妻を批評しながら、共にいることの喜びを確認しているように読める。四首目にあげた歌は、歌集の後半にある歌。「山の機嫌」をたずねるなんてかわいらしいやりとりで、年月を重ねた者同士の呼吸のようなものを感じる。日々ちょっとした摩擦はあるけれど、何ものにも換えがたい妻の存在なのである。

そして、妻と共に作者のなかに大きく存在するのが死者である。死者とは、娘。

翌日の昼に現場に着きしときすでに無かりし娘の遺体
娘《こ》の声は歌ふごとくに明るかり　ゆくりなく受く前夜の電話
消え去らぬ思ひは暗き藪のなか月影あびて穂先ゆれをり
娘《こ》の写真眺めてをればその口に子の名がかすか漏れるごとしも

Ⅱ章は阪神大震災の場面から始まる。若山さんは震災で娘を亡くされた。名古屋から急いで駆けつけたものの翌日の夕方まで遺体の安置場所さえ分からなかったそうだ。震災から十七年経って詠われた作品だが、まるで最近の出来事のように詠われているし読者もそう読むだろう。あのときから時間は決して進むことがない、それこそが哀しみの果てに気づかされることなのだ。

三首目にあげた歌。月に照らされている穂先が揺れている。その揺れを見つめる作者の深い「思ひ」は誰に語られることもなく心の底に沈んだままだ。「暗き藪のなか」にうずくまっている。

Ⅱ章では娘の死のほかに、長野の「無言館」に訪れて戦死した若者の絵画に触れ、また学生時代の下宿先での若い女性の自死にも思いを馳せている。彼らと娘を重ね合わせているのだろうか。そのとき若山さんはどんな思いを抱いているのか。じっくり読んでほしい。広い視野をもって冷静に語ろうとしている若山さんの思いと哀しみに読者は長く立ち止まるにちがいない。

＊＊＊

一方で、いま述べてきた人生がさまざまな形で現れる歌の合間に、次のような歌がある。

雨のなか紳士と猫が歩きをり一人と一匹びしょ濡れのまま
さらさらと厚く積もれる銀杏の葉その円周を歩きてみたり
丘の上に曙杉の並び立ついづれも同じ円錐形に

一首目。驟雨の道だろうか。歩いていると、ずぶ濡れのまま猫と男性が歩いている。おそらく作者は傘を差していて、なんだか申し訳ない気持ちで彼らを眺めているように読んだ。その彼らを「紳士と猫」「一人と一匹」と置き換えて表現することによって不思議な空間を作り出している。二首目は晩秋の公園。銀杏の落葉はあざやかで迫力があるが、その場面ではなく、木の周りにふかぶかと敷かれている黄金の葉を眺めながら円を描いて歩くというシーン。こちらは一首目のような不思議さというより、静かで眩しい空間である。

これらの歌には独自の慈悲深い眼差しがあり、心に残る。さらに海外の雨や公園や森を想像させる。たとえば一首目の猫と紳士の歌はリチャード・ブローティガン、二首目や三首目にはジャン＝ミッシェル・モルポワの詩の世界のような。
一冊のなかにこのような歌が生き生きと置かれ、全体に膨らみを持たせていることも記しておきたい。

りんご二個ポケットに入れ街に出る誰もがそれに気づかぬ五月
湧き水に口よせ飲みし夏の午後少年の夢走り出したり

若山さんは岐阜県の養老山のふもとに生まれ、十八歳で京都の大学に進学、さらに大学院に進まれ、その八年間はずっとアメリカ現代演劇を学ばれたそうだ。Ⅲ章の『星の王子さま』からの連想の一連もこのような経歴を聞くと必然的に生まれたとおもえる。卒業してからもアメリカ現代演劇の研究を続けながら京都・大阪・名古屋などで長く教鞭をとられた。ひいた二首では、林檎をポケットにしのばせたり、少年の夢をありありと思い出したり。そんな歌から、ずっとずっと若山さんは文学青年だったのだろうなと想像し、そういえばお会いしたとき眼差しがとても澄んでいて驚いたことを思い出した。

おづおづと発言するが如くなり杜鵑の声藪より聞こゆ
影おほきこの世にありて日溜りの石竜子《とかげ》のごとくわれは生き来ぬ
老いくればかすむ瞼を閉ぢしまま遥かかなたの音を聞くなり

歌集の後ろのほうにこのような歌が並ぶ。少年の眼差しを持った若山さんも八十歳をこえ、ますます老いを意識されているようだ。そんななか、どこかに存在する聞こえない声を聞こうとしているような姿もまた感じとれる。あるいは若山さんが掘り当てようとしている水脈は、実は若山さん自身のようにもおもえてくる。

清らかな老いの歌を詠う若山さんの後ろ姿を、私はずっと見ていたい。

あとがき

本歌集は「塔」に掲載された二〇一〇年一月の投稿歌（三月掲載）から二〇一五年十二月掲載歌までの作品から選んでいただいたものを基盤とし、組み換えはいくぶんあるものの、それらの歌はほぼ「塔」に掲載された時間軸に沿っています。それ以外に、二〇〇九年六月から投稿し始めた「ＮＨＫ短歌」で入選または佳作となったもの、塔新人賞に応募して選者からそれなりの評価を得たものを加えました。二〇一六年以降の歌は、命が続いて元気であれば、第二歌集もありうるかと考えております。

最初の「星の庭」は、「ＮＨＫ短歌」に掲載されたものが中心になっており、他にも「ＮＨＫ短歌」に掲載された歌の幾つかがばらばらに入っています。第Ⅱ章の初めの三十首「三十歳で逝く」と第Ⅲ章の「砂漠の声に耳すます」（『星の王子さま』よりの連想）の三十首は、いずれも塔新人賞に応募した作品です。特に「砂漠の声に耳すます」（原題は「砂漠の声」）は例外的な試みなので懸念しておりましたが、思いがけず永田和宏先生が一票を投じてくださったばかりではなく、自分でも一連の歌にはこだわりがありましたので、江戸雪さんにご無理を言って、ほぼ原形のまま加えていただきました。順番としては最後に置くべき作品ですが、歌集の構成上第Ⅲ章に入れてあります。

短歌についてはまったく無知でありながら手を染めたことには、少し経緯があります。七十二歳の退職間際に大病を患いましたが、幸い命をいただきましたので、それまでの人生とは異なることをしようと決心しました。当時は大垣という芭蕉の「むすびの地」に住んでいましたので、まず考えたのは俳句でした。しかし、一年ほど過ぎても馴染むことができず、思い切って短歌に代わってみようと考えました。

最初に詠んだのが十三頁にある「小児癌で…」の歌です。二〇〇九年の六月ごろに小児科医の遍路姿をテレビで観ながら作ったもので、初心者にありがちな欠点の多い歌ですが、記念のためにあえて歌集に入れておきました。しかし、ビギナーズ・ラックとでも言いましょうか、二〇〇九年の後半に「ＮＨＫ短歌」へ応募した歌が続けざまに入選または佳作となり、気を良くして短歌にのめり込んでゆきました。歌の世界に全く無知な私が「NHK短歌」に広告が出ていた「塔」という結社に入ろうと思ったのは二〇〇九年の暮です。「塔」のある京都には二十五年ほどいましたので、京都へ行く機会ができると思ったのが主な理由です。雑誌「塔」を読んで初めて永田和宏先生のこと、河野裕子さんのことを知りました。さっそくお二人の歌集その他を購入して夢中で読み耽りました。強いインパクトを受けた河野裕子さんにはお会いすることもできないまま「偲ぶ会」にも参加しました。

東海歌会にも参加して、そこでの忌憚のない批評に触発され、短歌の基本を学ばせていただきました。無我夢中で歌を詠んでいるうちにいつしか八十歳になり、先の不安を抱き始めました。ここで歌集を出しておくべきだと考えたのもその不安からです。選に当たっては添削も受けたことのある江戸雪さんにお願いしました。添削の頃から我が儘な私を受け入れて下さったこともあります。

老齢になってから歌を始めるにはそれまでの世界からは縁を切り、裸で飛びこむしかないと考えました。積み重ねてきたアメリカ演劇の研究にも英語そのものにも未練はありませんでした。短歌に自分との地続きの世界を見出したからであります。私のなかに封じ込められていた日本文化への立ち帰りでもありました。第二の人生を生きるごとくに無我夢中で詠んできました。

こんな年寄りの歌でも読んでくださった選者の皆さまや寛容に受け入れてくださった「塔」の方々、また東海歌会の皆さまにお礼を申し上げます。

とりわけ、添削でお世話になり、歌集の選歌でご苦労をおかけした上に、身に余る「解説」まで書いて下さった江戸雪さんに心より感謝いたします。また、印刷、校正から装丁に至るまで格別にお世話下さった青磁社の永田淳さんにお礼を申し上げます。

もちろん、私を背後から支えてくれた家内のことは言葉につくせません。ありがとうと一言つけ加えておきます。

平成二十九年十一月八日　八十一歳の誕生日　老人ホームにて

若山　浩

塔21世紀叢書第311篇

歌集　水《すい》脈《みゃく》

初版発行日　二〇一七年十一月八日

著　者　若山　浩
日進市米野木町南山九八七―八八シルバーホームまきば
（〒四七〇―〇一一一）

定　価　二五〇〇円

発行者　永田　淳

発行所　青磁社
京都市北区上賀茂豊田町四〇―一　（〒六〇三―八〇四五）
電話　〇七五―七〇五―二八三八
振替　〇〇九四〇―二―一二四二二四
http://www3.osk.3web.ne.jp/~seijisya/

装　幀　濱崎実幸

印刷・製本　創栄図書印刷

ISBN978-4-86198-390-0 C0092 ¥2500E